砂子屋書房 刊行書籍一覧（歌集・歌書）

2024年 8 月現在

＊御入用の書籍がございましたら、直接弊社あてにお申し込みください。
代金後払い、送料当社負担にて発送いたします。

	著　者　名	書　　名	定 価
1	阿木津　英	**『阿木津　英 歌集』** 現代短歌文庫5	1,650
2	阿木津　英 歌集	**『黄　鳥』**	3,300
3	阿木津　英 著	**『アララギの釋迢空』** ＊日本歌人クラブ評論賞	3,300
4	秋山佐和子	**『秋山佐和子歌集』** 現代短歌文庫49	1,650
5	秋山佐和子歌集	**『西方の樹』**	3,300
6	雨宮雅子	**『雨宮雅子歌集』** 現代短歌文庫12	1,760
7	池田はるみ	**『池田はるみ歌集』** 現代短歌文庫115	1,980
8	池本一郎	**『池本一郎歌集』** 現代短歌文庫83	1,980
9	池本一郎歌集	**『萱鳴り』**	3,300
10	石井辰彦	**『石井辰彦歌集』** 現代短歌文庫151	2,530
11	石田比呂志	**『続 石田比呂志歌集』** 現代短歌文庫71	2,200
12	石田比呂志歌集	**『邯鄲線』**	3,300
13	一ノ関忠人歌集	**『さねさし曇天』**	3,300
14	一ノ関忠人歌集	**『木ノ葉揺落』**	3,300
15	伊藤一彦	**『伊藤一彦歌集』** 現代短歌文庫6	1,650
16	伊藤一彦	**『続 伊藤一彦歌集』** 現代短歌文庫36	2,200
17	伊藤一彦	**『続々 伊藤一彦歌集』** 現代短歌文庫162	2,200
18	今井恵子	**『今井恵子歌集』** 現代短歌文庫67	1,980
19	今井恵子 著	**『ふくらむ言葉』**	2,750
20	魚村晋太郎歌集	**『銀　耳』（新装版）**	2,530
21	江戸　雪 歌集	**『空　白』**	2,750
22	大下一真歌集	**『月　食』** ＊若山牧水賞	3,300
23	大辻隆弘	**『大辻隆弘歌集』** 現代短歌文庫48	1,650
24	大辻隆弘歌集	**『橡（つるばみ）と石垣』**	3,300
25	大辻隆弘歌集	**『景徳鎮』** ＊斎藤茂吉短歌文学賞	3,080
26	岡井　隆	**『岡井　隆 歌集』** 現代短歌文庫18	1,602
27	岡井　隆 歌集	**『馴鹿時代今か来向かふ』（普及版）** ＊読売文学賞	3,300
28	岡井　隆 歌集	**『阿婆世（あばな）』**	3,300
29	岡井　隆 著	**『新輯 けさのことば Ⅰ・Ⅱ・Ⅲ・Ⅳ・Ⅵ・Ⅶ』**	各3,850
30	岡井　隆 著	**『新輯 けさのことば Ⅴ』**	2,200
31	岡井　隆 著	**『今から読む斎藤茂吉』**	2,970
32	沖　ななも	**『沖ななも歌集』** 現代短歌文庫34	1,650
33	尾崎左永子	**『尾崎左永子歌集』** 現代短歌文庫60	1,760
34	尾崎左永子	**『続 尾崎左永子歌集』** 現代短歌文庫61	2,200
35	尾崎左永子歌集	**『椿くれなゐ』**	3,300

	著者名	書名	定価
131	浜名理香歌集	**『くさかむり』**	2,750
132	林　和清	**『林　和清 歌集』** 現代短歌文庫147	1,760
133	日高堯子	**『日高堯子歌集』** 現代短歌文庫33	1,650
134	日高堯子歌集	**『水衣集』** ＊小野市詩歌文学賞	3,300
135	福島泰樹歌集	**『空襲ノ歌』**	3,300
136	藤原龍一郎	**『藤原龍一郎歌集』** 現代短歌文庫27	1,650
137	藤原龍一郎	**『続 藤原龍一郎歌集』** 現代短歌文庫104	1,870
138	本田一弘	**『本田一弘歌集』** 現代短歌文庫154	1,980
139	前　登志夫歌集	**『流　轉』** ＊現代短歌大賞	3,300
140	前川佐重郎	**『前川佐重郎歌集』** 現代短歌文庫129	1,980
141	前川佐美雄	**『前川佐美雄全集』 全三巻**	各13,200
142	前田康子歌集	**『黄あやめの頃』**	3,300
143	前田康子	**『前田康子歌集』** 現代短歌文庫139	1,760
144	蒔田さくら子歌集	**『標のゆりの樹』** ＊現代短歌大賞	3,080
145	松平修文	**『松平修文歌集』** 現代短歌文庫95	1,760
146	松平盟子	**『松平盟子歌集』** 現代短歌文庫47	2,200
147	松平盟子歌集	**『天の砂』**	3,300
148	松村由利子歌集	**『光のアラベスク』** ＊若山牧水賞	3,080
149	真中朋久	**『真中朋久歌集』** 現代短歌文庫159	2,200
150	水原紫苑歌集	**『光儀（すがた）』**	3,300
151	道浦母都子	**『道浦母都子歌集』** 現代短歌文庫24	1,650
152	道浦母都子	**『続 道浦母都子歌集』** 現代短歌文庫145	1,870
153	三井　修	**『三井　修 歌集』** 現代短歌文庫42	1,870
154	三井　修	**『続 三井　修 歌集』** 現代短歌文庫116	1,650
155	森岡貞香	**『森岡貞香歌集』** 現代短歌文庫124	2,200
156	森岡貞香	**『続 森岡貞香歌集』** 現代短歌文庫127	2,200
157	森岡貞香	**『森岡貞香全歌集』**	13,200
158	柳　宣宏歌集	**『施無畏（せむい）』** ＊芸術選奨文部科学大臣賞	3,300
159	柳　宣宏歌集	**『丈　六』**	3,300
160	山田富士郎	**『山田富士郎歌集』** 現代短歌文庫57	1,760
161	山田富士郎歌集	**『商品とゆめ』**	3,300
162	山中智恵子	**『山中智恵子全歌集』 上下巻**	各13,200
163	山中智恵子 著	**『椿の岸から』**	3,300
164	田村雅之編	**『山中智恵子論集成』**	6,050
165	吉川宏志歌集	**『青　蟬』**（新装版）	
166	吉川宏志歌集	**『燕　麦』** ＊前川佐美雄賞	
167	吉川宏志	『	
168			

		『役　力』	3,300
37	柏原千恵子歌集	**『リアス／椿』** ＊葛原妙子賞	1,980
38	梶原さい子歌集	**『ナラティブ』**	
39	梶原さい子歌集	**『梶原さい子歌集』** 現代短歌文庫138	
40	梶原さい子		

風師

五所美子 歌集

砂子屋書房

＊目次

装本・倉本　修

歌集　風師

I

小森江《こもりえ》・高麗入江《こまいりえ》

寄り道は小さな旅のはじまりと風に唄えりエノコログサは

軒先の猫の額の庭たのし今日は散歩のコースを変えて

家出でて来れば海峡目の前に手入れいらずの庭広びろし

相和すや相争うや空と海曇れば翳るかげれば晴れて

ずぶ濡れの岩場の裾に寄する波　スローライフ、スローライフ

船を待つ人影あらず桟橋を揺り上げ揺り下げして遊ぶ波

雨が窪とう名忘れ難きかな塩水プール底干上がれり

新しきコンビニ建ちてもとありしコンビニ跡地に二年目の草

ベランダの花にやる水飛び散りて階下の高橋さんのあげたる悲鳴

洗面の後の鏡に写す顔おのれの顔をじかには見得ず

引力に従いくだるエレベーターわれの心も素直に伸びぬ

仏飯を盛りたるような山いくつ連鎖し囲繞す　眠るわが町

林芙美子門司生誕説を唱えたる井上国手《こくしゅ》も亡き数に入る

対岸の下関よりこの岸へ生誕地説は定まるらしも

放浪の一生の芙美子の出生地門司区小森江ブリキ屋二階

短編の中にあらわれすぐ消ゆる青年Aが井上先生

行き交いのありし井上貞邦氏わが家より北へ十一軒目

邸宅の跡地は均されセメントを張りたり暑き夏の日が照る

生誕説決定稿を書き上げし机か資料室の一隅

旧門司三井倶楽部

アインシュタイン泊りし部屋とひとつ家に林芙美子の資料室あり

アインシュタイン夫妻を泊めしベッドとぞ衆視の眼《まなこ》にさらされており

アインシュタイン痩せて椅子より立ちあがりゆたかに太股組みている妻　写真あり

小森江は隠《こも》り江あるいは高麗《こま》入江語源辿れば見ゆる古《いにしえ》

海峡の風に吹かれて白木崎《しらきざき》・葛葉・小森江地名消えゆく

言《こと》さやぐ高句麗・新羅また百済この地に三韓伝説多し

つばひろの帽子目深にかぶりたるような夕ぐれ山が迫れる

蛇口より滴るしずく掌にうけて噴門幽門わがうちにある

ああすでに華《はな》の甲《はじめ》の還暦にひい、ふう、みいの、みっつの加齢

風に乗り散り込むさくら呑み込みて流るる潮《うしお》春はゆくなり

長かりし昭和の齢六十四に肩を並ぶるわが齢かな

三日月は宵の明星の滑り台すべり落ちたる位置にかがやく

橋桁の継ぎ目踏むたび自動車のあぐる音こそスタカットなれ

公園のブランコ鉄棒撤去されシーソーゲームとう言葉滅びむ

思い出は博多箱崎多々良川たたら踏むべしふいご吹くべし

百八の星がひとつずつ落つる童話終りて冬の三つ星

街なかの杜《もり》はくろぐろ影なせりひとつの空気清浄装置

窓開くたびに目に入る大屋根の反りうつくしき八幡神社

家裏の甲宗《こうそう》八幡の御神体見たることなし噂に聞けど

五十年ぶりのお広めの御神体神功皇后御着用の品

御甲《おんかぶと》ひと目見んとぞ神前に列なし待てり金を払いて

くらがりに眼凝らして仰ぐとき意外に小さし　御頭《おんあたま》かも

鉄釜を伏せたる形の甲にて光放たず凡庸甲

伝説のこはいかめしき物がたり三韓征伐身重の女帝

拝見を終えて暗がり出ずるとき何か忘れてきたような

甲はよろい

「甲」の文字誤用と辞書にかきあれど、甲宗八幡神社であれば

背の君は仲哀天皇いとし子は応神天皇　オキナガタラシヒメ

皇后の宮は飛鳥

あこがれて探し求めし磐余《いわれ》の地肩を濡らせし雨を記憶す

和布刈神社

わたつみの鱗《いろこ》の宮に通う道神の五百《いお》段海に没せり

海原の太平洋の西の端産み捨てられしかタツノオトシゴ

梢より雀のように舞いあがり笑いながらにころがる落葉

渦巻きて輪を描き遊ぶさくら花落花《らっか》はたのし風さえあれば

身を反らしたるまま枯れてゆく島か大和島根は蜻蛉《とんぼ》の国ぞ

黒髪の藻草なびかせ水槽に立ち泳ぎする平泳ぎする

頭蓋骨硬膜などに包まれて浮遊しており豆腐のような

大陸の突き出す乳房か韓半島　対馬暖流黒潮洗う

天山山脈のウルムチあたりがへそ

乳首とも刺かとも見ゆユーラシア大地の深き臍より見れば

嘴の何か啄む形して半島は春の桜散るらむ

半島をこぼれ落ちたる滴とも対馬壱岐また五島列島

海峡の向こうに海峡またありぬ対馬海峡朝鮮海峡

風待ちて風を避けつつゆきし船飛石伝いの島影をゆく

文字が関・門司が関

除夜の鐘聞きて出かくる初詣で今年省略寒波恐れて

窓に寄り和布刈《めかり》神社と真光寺遥拝なせり寝につく前に

差し出し人不明の賀状三枚が机にありて十日目が過ぐ

筆跡をとみこうみし鑑定す去年の賀状の束取り出して

戦後なる昭和は近くまた遠くポンポン船の音発ちてゆく

御社の馬場ありき馬場遊郭のありし町内に住む三十年

八幡の崖下をゆく細き道ホテルバンビの点る夕ぐれ

わが住むは旧門司一丁目門司が関跡は二丁目目と鼻の間

和布刈なる石の鳥居の太柱その足もとの門司が関跡

教科書の大化改新《645年》ムシゴヒキそのころ設置の宿駅《しゅくえき》 駅馬《はいま》

いつの世の男《おとこ》 女《おみな》のなからいの文とがめしや文字が関守

海峡をへだて火の山と古城山妹背《いもせ》の山と見ゆる日のあり

知盛の築きし古城山頂に砲台跡と柊二《しゅうじ》の歌碑と

宮柊二氏出征

父母よさらばと柊二出で発ちし門司港桟橋きょう波静か

清水房雄氏

昭和まだ若かりしころ砲台に勤めはげみしと葉書ひとひら

春さればまず咲く花のまんさくの三月余寒に伸び縮みする

山裾を這いのぼるごとき家群の甍は春の雲と触れあう

海《わた》なかにひとたび沈みたる夕日水平線を浮かびあがらす

高低差ありて楽しきブラ歩きぷらっとぶらりと徒手空拳に

海峡の港の町に平地なし山よりくだる川は短し

せりあがる大地の隆起の胸間をゆく潮流を海峡と呼ぶ

うちうみの瀬戸内海へ抜くる道喉もと押さえて海峡の関

海峡はいつも戦場《いくさば》瀬戸際に立ちしは源平の兵のみならず

火の山に狼煙《のろし》あがれば古城山砲台跡に硝煙におう

四ヶ国連合艦隊迫れるにジョウイ攘夷と挑みしはここ

幅せまき海峡は羊腸なす水路一衣帯水の要塞地帯

綱かけて国来国来《くにこくにこ》と引きたるや島はみながら対岸に寄る

武内宿禰手ずから投げうちし宝の島か満珠島干珠島《まんじゅかんじゅ》は

侵略は未知への憧憬《あこがれ》など言いて歴史は言葉の化粧をするか

ふたつ島満珠干珠の島影に潮目を読みし源氏白旗

彦島に抱《いだ》きとらるる形して小次郎武蔵の舟島が見ゆ

花火もち夜陰にまぎれて漕ぎ出でしお龍龍馬に蜜月のとき

もののふの心は一所懸命に死に場所はここ死にどきはいつ

立ったまま枯るるもよしと枝張れる松に気力の衰えが見ゆ

いずこより来りし石の野面《のづら》積《づ》みおのもおのもに面構えあり

裏山の青葉若葉の盛りあがり力瘤見ゆやわらかけれど

風吹けば風に揺れいる羊歯群の葉裏しらじら沖つ白波

いくたびの春秋迎えし門司港の噴水倒れまた立ち上る

駅前の花壇に列なす花キャベツ渦なす模様に降りこむあられ

葉を落しおえたる木木ら冬空にグー・チョキ・パーの手をさしあぐる

切り詰めしアカシアはグー野放しの欅はパー青桐のチョキ

曇るとも空は樹木《きぎ》らの遊び場所地上に子どもの影消え去りて

秋風に散り交い乱るる遊歩道バッタ紙屑乾反葉《ひそりば》などが

遊歩道の猫いっせいに消えし日の朝《あした》しろがね霜柱立つ

一匹の野らのまわりに輪ができてつかのま連帯生まるるごとし

放浪の猫の集団のはぐれもの猫になじまず人になじまず

人が捨て波が受け取り運ぶもの波消ブロックのふところに入る

降り来て音なく開くエレベーター犬猫人の足跡消えて

帰り来てなまぬるきかなドア閉じてわが家にわが家の体温あること

ぬくとくもガラスの内に居眠ると見下ろして過ぐ滑空の鳥

枝分れ枝分れせし毛根のそのけぶらいぞ脳に重ねて

吊橋の桁打ち鳴らしゆく海の風は哭女《なきめ》か遠くにきこゆ

あのときはああだったならの空想はこたつに胸までつかりいるとき

おりおりに苦情もらいし高橋さん階下の部屋より越してゆきたり

住みつきて住み古るマンション四十戸限界集落になる日近付く

体斜めに浮かびあがれるヒメダカが藻草の端をつつきはじめぬ

小刻みに歩み続くる秒針にときに休めと鳴く鳩時計

耳鳴りのかん高き日あり低きあり眼を閉じて思いみるべし

眠らむか古城グリーンマンションの七階一室カーテン閉じて

部屋閉じて眼閉ずるは内省の姿と思う　棺を閉ずる

白猫・黒猫

海峡の横断の旅しませんか　連絡船に乗りて五、六分

「これは河だあ」エンジンひびく船上に叫ぶ男は若き旅人

海峡の漁《いさ》りの庭の日和よし舫《もや》い解かるるときを待つ船

火の山と古城の山と背《せい》くらべ潮の流れをあいだに置きて

目の前は今八ノットの西流れ響灘へとなだれうつなり

海峡の岸より直接せりあがる地の勢いが風師山《かざしやま》なり

手向山登りつむれば眼の下に小次郎倒れし舟島が見ゆ

彦島に引き寄せられて横たわる燕返しの小次郎の島

下関市大字彦島字舟島　巌流島は対岸のもの

満ち引きのありて大きく呼吸する干潟の胸も埋めたてられぬ

磐石の石大磐石《だいばんじやく》の岩濡れて潮の流れの濃き日なりけり

名にし負う難波の葦のそよぎにも劣るまじきの胸のぞよめき

ふたつ山押し分けざまにゆく潮のたかぶりており脈うちており

海峡の海面はとぷり暮れおちて対岸上空ながき残照

置き去りにされしは承知波の間に浮沈自在の海月のおどり

笛の音に足裏ひいらり土蹴りて跳ねておどるよ幼な阿国《おくに》は

そのころは縞の毛皮《けごろも》を身につけて岸壁倉庫裏路地暮し

香箱《こうばこ》を作りて坐れば品のよきわが家の二匹野良猫あがり

わが家に来たる二匹に三年の後先《あとさき》ありて血縁あらず

出生地生年月日不明にて過去なき彼ら過去もつ彼ら

女《おみな》にはあらぬ姿態に毛づくろいする猫無心無欲のかたち

病院のカルテに記入せし名前とりあえずシロ、とりあえずクロ

キジトラの絵柄色あい四捨五入すればおおよそ黒猫となる

長幼の秩序はありぬ先住の白猫の姉黒猫の弟《おと》

路傍にて出会いしその日白猫はいささか愚かとわれを笑えり

黒猫のオスはわが家の居候走ればたぷたぷ揺るる腹もつ

居候を食客と言え居ずまいを正せば雄雄《おお》しことさら眼《まなこ》

行きどころなければ新入り黒猫がおりおり来て鳴く玄関の闇

十日ぶり帰りしわが家の玄関に猫の臭いの充満しおり

十日ぶり帰りし家のあくる日は猫の臭いを嗅がぬわが鼻

ともどもに部屋ごもりつつ膝に抱く猫にカウンセリング受けおりわれは

白旗のようなゆたかな尾を振りて猫は消えたり廊下の奥へ

玄関に帰りし夫に走り寄り三つ指つきて迎うるは猫

庖丁を持つ手離さず厨より夫を声に迎うるは妻

画面にてフライがえしを操れる鉄人あればわれは客人

煮えたぎる鍋に田芹を投げこみて灰汁《あく》も香りもなくしてしまう

おさめいし感情ふとも洩れいずるスープのあくの泡すくいつつ

めんどうなことは脇へ明日《あした》へと坂の遠くへころがしておく

明日よりも今日を生きむか今日耐えて明日を生きむか否否不問《いないいなふもん》

鳩尾《みぞおち》のあたりに一輪夢咲かせ今日という日の坂をくだりぬ

背後にてジャズはロックに移りつつわれの背《そびら》を誘《おび》きやまずも

スロースロークイッククイックはダンスにてスロースローペースダウンのわたし

むらぎもの心ひもじく憧るる唇に歌、舌にビフテキ

接触性皮膚炎という病より癒えざる唇《くち》にフォークを運ぶ

箒はく音はセメント擦る音玄関先を遠ざかりゆく

人みなが自分にごほうびなど言いて辛口短歌滅びゆくらし

餌を待ち餌皿の前に坐りおり面壁九年の背中を見せて

寝ては食べ食べては眠る日常の猫によく似て猫に劣れり

窓打つは木枯らし太郎窓のうちものぐさ太郎の猫は眠れり

単純化単純化とぞ歌作る　すなわち臥床と言いにけらずや

筋金の入りたる尻尾振り立てて白猫われを離るる歩み

白猫に桃色肉球黒猫に黒色肉球足裏見せて

鼓うつ音の聞こえてたんぽぽの穂絮は風のながれを知りぬ

青い刺もつからたちの金の玉のぞきて垣根の角を曲りぬ

黒猫・白猫

海底の横断の旅しませんか　徒歩でゆっくり二十分ほど

二輪車と二足歩行者専用の海底トンネル改修されて

エレベーターまっすぐ降下し開くドア地上と異なる空気押し寄す

波のまを歩くがごとし浮くごとし平衡感覚なくて踏み出す

海峡の海底トンネルめずらしみ遠く北より旅をする人

トンネルは全天候型運動場ウォーキングする人タオルを首に

勾配のゆるき坂道下りきり登れば全長七〇〇メートル

トンネルのもなかは県境豊前より白線跨ぎて長州の人

エレベーターに上れば対岸壇の浦御裳裾《みもすそ》川の赤き欄干《おばしま》

源平の最終決戦ありし海　韓国船の衝突もある

対岸に来りて立てば今しがた立ちたる岸は対岸にあり

ゆく船のひとつひとつが海峡に波風たてて尾を曳きてゆく

沸きたちて流るる海峡上空を直線に伸ぶ飛行機雲は

ふくらみをもつ横腹に日は照りて大蛇《おろち》のうねり海峡大橋

この岸に近付きもせず沖合をゆく本流は前へ前へと

近付きてくるエンジンの音のして揺るる桟橋眠りより覚む

接岸をせむと呼吸はかりいる船と桟橋こもごもの揺れ

相ひびく天と地とあり人と人曇ればかげるの憂いに満ちて

割り竹の背向《そがい》に坐りいる山の男《お》の火の山と女《め》の古城山

筒井筒井筒のめぐり苔むせり風のたよりも音信不通

拭っても拭いきれない身の汚れ　岸にたゆたいいる流し雛

うちつけに心さびしも逆光に髪の逆立つ欅の梢

しろがねの尾を曳きながら夜這星辰巳の方へななめにくだる

門ごとに梅の花咲く塀のうち屋根にポプコーン噴きあげて咲く

方円に従うものは水と猫　四角く坐り丸く眠れり

人間の七倍の速度で年を取る猫はかるがるわが齢越ゆ

百歳に近付きにつつわが家の一匹と父と齢争う

雨の日の今日六人の短歌会猫談義へと話は移る

幽閉をされたる身の上嘆くらむ空地の猫会議などを思いて

みずからの舌に舐めつつ腹部より尻へと研ぎあぐ鑢《やすり》のごとく

三味線の皮にするぞと脅かせば眼ほそめて声なごう鳴く

たわむれに猫ひっかきし掌の傷は運命線を切りたり

その時を悟りてひそかに登るとぞ肥後根子岳のその奥の山

めうめうと鳴くは夜ふけの野外猫となりのとなり二歳児ふたり

人の世にそばの花咲く更級の姥捨山の伝説がある

年取ればみな少しずつ傾きて斜めに立てり風の疎林が

耳鳴りも連れて歩めりバス降りてすぐに坂道アベリアの花

筋力の衰えはてし父の脚母の喘鳴春の木枯し

木の下に仰ぎ見てゆく老桜肘《ひじ》に腓《こむら》に小花をつけて

夕ぐれの桜の下を踏みて来る影は桜の精にあらずや

「枕草子」六段読むは楽しけれ猫いて犬いる宮中なれど

清涼殿朝餉《あさがれい》の間におわしける五位の御猫《おおんねこ》ものを思わず

舶来の唐猫《からねこ》膝に遊ばせて一条天皇たわぶれびとか

打擲をされたる犬の翁丸《おきなまろ》遠流の島より帰り来るまで

翁丸身を震わして鳴くときに少し得意の清少納言

一条天皇后《きさき》定子に仕えける清少納言たぶん犬好き

そう言えば「源氏」の巻に猫おりき黒猫なりしや白猫なるや

劇中に猫あらわれて王朝の恋のなれそめそして暗転

かの巻に猫なからましかばつまらなし御簾《みす》のうちなる深窓の姫

御簾のうちゆ走り出でたる愛玩の猫の晩年いかにありしや

一条天皇中宮彰子の女房にて紫式部猫派なるべし

工場の塀に囲まれ墓ありき苔ふかぶかと眠れる式部

「いづれの御時にか」遅々としてねむたしねむたし本を閉ざしぬ

Ⅱ

岩ふたつ

ウォーキングの歩みおのずと海にむくいつもの岩の傾き見むと

シタ、シタ、シタ舌打つごとき波の先岸打つ音は足もとにあり

歩みきて歩みを返す地点にて大岩ふたつ重なり合える

下の岩上《いわ》の岩ふたつ重なりて重なりわずかずれいて不安

ボイジャーと名をもつ海峡遊覧船売られてゆきぬ波の背越えて

球形のボイジャー波に揺られつつ繫留のときありにしものを

バス、列車いくたび乗りかえ母へゆくふるさとの町はらからおらず

冷房車放り出《いだ》され立つ駅の荒き空気に身は蒸されおり

バス降りて母住むホームへ登りゆく午後の坂道二度折れ曲る

寝て一畳起きて車椅子の母ここの生活五年目となる

門司港

七百歳《ななひやく》の尾根の桜を思うとき視界の海は青き海峡

弾丸となり突風と駆けぬけしものあり駅に風圧を受く

赤紙をもらった軍犬軍用馬わが立つ岸を離れてゆきし

征《い》でたちてゆく馬たちが喉鳴らし最後に飲みし水飼場《みずかいば》ここ

爆弾を背負いて死ぬ犬銃弾に倒れ伏す馬　活躍という

若き日に兵より将へと世に出でて生きて帰りぬ老いて病みたり

軍人の末の老いたる足を曳く長く生くれば子は先立ちて

生き延びて運よき父と引き替えに死にし人馬《ひとうま》ありけむ戦《いくさ》

死ぬるべく父が征でたつ門司港《もじこう》に別れし0歳《ゼロ》われ記憶なし

三四目　名前はタン

0歳のおまえを拾いて七階に囲いて飼えば幽閉の罪

捨てられて拾われ幽閉さるるとも軍用猫となる日のあるな

国のため剝がされ鞣《なめ》され猫たちよ兵隊さんの毛皮となるな

のんのんと眠り続くる猫二歳母九十七秋ふかまりぬ

再びは会えぬと決めし門司港に帰りし将は今墓下《はか》の人

帰還せし人らのまずは飲みし水　蛇口滴る水道残る

戦後なる戦《いくさ》は女の肩にありささくれし手に険しき眼《まなこ》

ささくれて苛立つ日々も積りけむ長き戦後が母をつくりぬ

生粋の農耕民族の裔《すえ》なるや日銭稼《ひぜにかせ》ぎというを厭いぬ

子どもらに大石小石と囃されし女先生われの思い出

二十四の瞳の先生きらきらと　高峰秀子亡し松山善三も

ふるさとに行きては戻る日々《にちにち》に日髪日風呂《ひがみひぶろ》の暮しに遠し

父母《ちちはは》の老いて死にゆくを目当《まあた》りに今が戦場《いくさば》われの起き伏し

真《ま》桑《くわ》瓜《うり》

ふるさとの訛捨てんと人込みに紛れてゆきし十八の春

草むらに虫の鳴くこえ井戸端のバケツに冷えてゆく真桑瓜

一番をとれば喜ぶ母がいて苦虫を嚙む父親がいた

倒木に魂のような茸《きのこ》らがあらわれはじむ　腐る倒木

墓原を見下ろす午前の教室に光源氏の恋ものがたり

ウォーキングする道すがら行き違う肥満の犬を曳く身も肥満

背後より路上カメラの眼が光る監視されいる狙われている

誉め殺しか知れぬ一通掌にありてしばらく置きどころなし

藻の匂

ベランダのタマシダ戦《そよ》ぎかなたなる吊橋光る相聞のごと

ビルとビルの隙間に青き海見えてやがて一夜の闇が埋めむ

朝より空気一挙に入れかわり列島は雪の頭巾かぶりぬ

新藁のマントひらきて被きたる冬の牡丹は藁の匂す

海峡をことさら狭めて埋め立てて広場となせり人を憩わす

骨も身も毒も抜かれて箱ふぐの河豚提灯は吊るされており

くまぐまに酔のまわりているわれは蜥蜴の眼をもて冬木を見上ぐ

海底のトンネル出でたる幹線道春の光をのせて伸びたり

垣穂なす冬山低くめぐらせて春眠いまだ覚めず巷は

昇りゆくことを放擲せしごとく裾をひらきて噴水崩る

河豚

立ち暗みするときゆるる身のうちをエレベーターが静かにくだる

ふくらかにあるいは張りつめいるらしき河豚に腹案あるやもしれず

地上へと這い出すエスカレーターの尺取虫の背中にのれり

老いて病みベッドに目瞑《めつむ》る人の胸苦行僧釈迦の肋骨《あばらぼね》なり

手に提ぐるバケツはブリキ　岸をうつ流れは最上《もがみ》　地下足袋の人

旦過橋

いろはにほ書けばぬくもりくるペンの先より生れよ今宵の一首

金鳥の渦巻のなかに死に絶えし蚊の二三匹ありぬ朝床

八月の二十二日大安の今日はチンチン電車の日とぞ

旦過橋《たんがばし》ゆくとき風に乗りくるは車馬足音《しゃばそくおん》の古《いにしえ》の香ぞ

ある日ふと二人家族に猫の来て空気の流れすこし変わりぬ

石油危機《オイルショック》とう日々ありきスーパーの棚より消えしもろもろの品

トイレットペーパー求めて走りけり昭和四十年代団地の妻われ

走り去るバス追いかけてガソリンの匂い嗅ぎけり下校の道に

ボンネットバスが鼻崩えバスとなりブレザー姿の新高校生

脇役主役

白波のレースを縁どる海峡の島は小次郎敗れし渚

寄り添えば満珠干珠のふたつ島海峡に坐す柵《しがらみ》と見ゆ

脇役も主役も張れるやわらかき水田ごぼう笹掻きにする

泥つきの人参ごんぼう蓮根を食えばおのずと根性のわく

過ぎ来しの方へと波うつ鯉のぼり親子の鯉は口を開けたり

わたくしがこたびは代ってあげましょう庭の雀にはこべら言えり

帰り来て坐る畳のやわらかしわれは一個の息づく荷物

平知盛

見苦しきものは潮《うしお》の奔流に捨て去りにけり身みずからも

陸続と地方源氏の決起せし知らせに日本史乱世にはいる

断崖

足跡が畑の肥やしになると言い朝夕《あしたゆうべ》に出でゆきし父

荊棘《ばら》の木に荊棘の刺《とげ》あり楤《たら》の芽に尖れる突起人間われは

九という数字に断崖ありにけり兄六十九父九十九

マスク

父楽《ととらく》の能登の旅路の一行に先生いましきわれも交りき

こがねなす一の田の面《も》ゆ二の田の面《も》荒波おこしてゆく風のあり

舌鼓《したつづみ》うちたるのちに満腹の腹鼓《はらつづみ》うつ　鼓腹撃壌

海遠く落ちゆく位置を日々少しずらす夕日も旅人である

門司港駅終点ここにて行き止まり密封袋のぬくとさに入る

両脇にアンパンマンとバイキンマン引き寄せ寄りそうやなせたかしは

入院の兄も見舞のわれもまた大きマスクに眼光《まなこ》らす

発疹の兄の肌《はだえ》の背に触れて薬を塗りぬ指にのばして

茶碗

夕ごはん食べいし家族ひとり又ひとり去りゆき残れる茶碗

たらちねの公孫樹は乳房《ちちふさ》垂らしつつ倒るる日まで立ち続けいし

保存樹と看板人に掛けられて衆目あつめ輝きていし

老いて枯れ倒れし公孫樹と思いしに孫生《ひこば》えは出づ土の下より

差し伸ぶる手を払いつつ生きてきてスプーンの介助今も拒めり

立ち上り歩いてみむとす一歩二歩角出し槍出す蝸牛《かぎゅう》のように

短歌眼鏡

主婦われを眠らせ電気炊飯器夜のひきあけを湯気たてはじむ

マンションの背面《せとも》と山の影面《かげとも》のあわい静かに道通いけり

	著者名	書名	定価
41	春日いづみ	『**春日いづみ歌集**』現代短歌文庫118	1,650
42	春日真木子	『**春日真木子歌集**』現代短歌文庫23	1,650
43	春日真木子	『続 **春日真木子歌集**』現代短歌文庫134	2,200
44	春日井　建	『**春日井　建 歌集**』現代短歌文庫55	1,760
45	加藤治郎	『**加藤治郎歌集**』現代短歌文庫52	1,760
46	雁部貞夫	『**雁部貞夫歌集**』現代短歌文庫108	2,200
47	雁部貞夫歌集	『**子規の旅行鞄**』	3,300
48	川野里子歌集	『**歓　待**』＊読売文学賞	3,300
49	河野裕子	『**河野裕子歌集**』現代短歌文庫10	1,870
50	河野裕子	『続 **河野裕子歌集**』現代短歌文庫70	1,870
51	河野裕子	『続々 **河野裕子歌集**』現代短歌文庫113	1,650
52	来嶋靖生	『**来嶋靖生歌集**』現代短歌文庫41	1,980
53	紀野　恵 歌集	『**遣唐使のものがたり**』	3,300
54	木村雅子	『**木村雅子歌集**』現代短歌文庫111	1,980
55	久我田鶴子	『**久我田鶴子歌集**』現代短歌文庫64	1,650
56	久我田鶴子 著	『**短歌の〈今〉を読む**』	3,080
57	久我田鶴子歌集	『**菜種梅雨**』＊日本歌人クラブ賞	3,300
58	久々湊盈子	『**久々湊盈子歌集**』現代短歌文庫26	1,650
59	久々湊盈子	『続 **久々湊盈子歌集**』現代短歌文庫87	1,870
60	久々湊盈子歌集	『**世界黄昏**』	3,300

	著者名	書名	定価
86	坂井修一	『続 坂井修一歌集』 現代短歌文庫130	2,200
87	佐佐木幸綱	『佐佐木幸綱歌集』 現代短歌文庫100	1,760
88	佐佐木幸綱歌集	『ほろほろとろとろ』	3,300
89	佐竹彌生	『佐竹弥生歌集』 現代短歌文庫21	1,602
90	志垣澄幸	『志垣澄幸歌集』 現代短歌文庫72	2,200
91	篠　弘	『篠　弘 全歌集』 ＊毎日芸術賞	7,700
92	篠　弘 歌集	『司会者』	3,300
93	島田修三	『島田修三歌集』 現代短歌文庫30	1,650
94	島田修三歌集	『帰去来の声』	3,300
95	島田修三歌集	『秋隣小曲集』 ＊小野市詩歌文学賞	3,300
96	島田幸典歌集	『駅　程』 ＊寺山修司短歌賞・日本歌人クラブ賞	3,300
97	高木佳子歌集	『玄　牝（げんぴん）』 ＊塚本邦雄賞	3,300
98	高野公彦	『高野公彦歌集』 現代短歌文庫3	1,650
99	髙橋みずほ	『髙橋みずほ歌集』 現代短歌文庫143	1,760
100	田中　槐 歌集	『サンボリ酢ム』	2,750
101	谷岡亜紀	『谷岡亜紀歌集』 現代短歌文庫149	1,870
102	谷岡亜紀	『続 谷岡亜紀歌集』 現代短歌文庫166	2,200
103	玉井清弘	『玉井清弘歌集』 現代短歌文庫19	1,602
104	築地正子	『築地正子全歌集』	7,700
105	時田則雄	『続 時田則雄歌集』 現代短歌文庫68	2,200

	著者名	書名	定価
131	日高堯子歌集	『**水衣集**』 ＊小野市詩歌文学賞	3,300
132	福島泰樹歌集	『**空襲ノ歌**』	3,300
133	藤原龍一郎	『**藤原龍一郎歌集**』 現代短歌文庫27	1,650
134	藤原龍一郎	『続 **藤原龍一郎歌集**』 現代短歌文庫104	1,870
135	本田一弘	『**本田一弘歌集**』 現代短歌文庫154	1,980
136	前　登志夫歌集	『**流　轉**』 ＊現代短歌大賞	3,300
137	前川佐重郎	『**前川佐重郎歌集**』 現代短歌文庫129	1,980
138	前川佐美雄	『**前川佐美雄全集**』 **全三巻**	各13,200
139	前田康子歌集	『**黄あやめの頃**』	3,300
140	前田康子	『**前田康子歌集**』 現代短歌文庫139	1,760
141	蒔田さくら子歌集	『**標のゆりの樹**』 ＊現代短歌大賞	3,080
142	松平修文	『**松平修文歌集**』 現代短歌文庫95	1,760
143	松平盟子	『**松平盟子歌集**』 現代短歌文庫47	2,200
144	松平盟子歌集	『**天の砂**』	3,300
145	松村由利子歌集	『**光のアラベスク**』 ＊若山牧水賞	3,080
146	真中朋久	『**真中朋久歌集**』 現代短歌文庫159	2,200
147	水原紫苑歌集	『**光儀**（すがた）』	3,300
148	道浦母都子	『**道浦母都子歌集**』 現代短歌文庫24	1,650
149	道浦母都子	『続 **道浦母都子歌集**』 現代短歌文庫145	1,870
150	三井　修	『**三井　修 歌集**』 現代短歌文庫42	1,870

154	森岡貞香	**『続 森岡貞香歌集』** 現代短歌文庫	
155	森岡貞香	**『森岡貞香全歌集』**	13,200
156	柳　宣宏歌集	**『施無畏（せむい）』** ＊芸術選奨文部科学大臣賞	3,300
157	柳　宣宏歌集	**『丈　六』**	3,300
158	山田富士郎	**『山田富士郎歌集』** 現代短歌文庫57	1,760
159	山田富士郎歌集	**『商品とゆめ』**	3,300
160	山中智恵子	**『山中智恵子歌集』** 現代短歌文庫25	1,650
161	山中智恵子	**『山中智恵子全歌集』** 上下巻	各13,200
162	山中智恵子 著	**『椿の岸から』**	3,300
163	田村雅之編	**『山中智恵子論集成』**	6,050
164	横山未来子歌集	**『とく来りませ』** ＊佐藤佐太郎賞	3,300
165	吉川宏志歌集	**『燕　麦』** ＊前川佐美雄賞	3,300
166	吉川宏志	**『吉川宏志歌集』** 現代短歌文庫135	2,200
167	米川千嘉子	**『米川千嘉子歌集』** 現代短歌文庫91	1,650
168	米川千嘉子	**『続 米川千嘉子歌集』** 現代短歌文庫92	1,980

＊価格は税込表示です。

砂子屋書房
〒101-0047 東京都千代田区内神田3-4-7
電話 03（3256）4708 FAX 03（3256）4707 振替 00130-2-97631
http://www.sunagoya.com

		『内藤　明 歌集』 現代短歌文庫140	1,980
110	内藤　明	『続 内藤　明 歌集』 現代短歌文庫141	1,870
111	中川佐和子	『中川佐和子歌集』 現代短歌文庫80	1,980
112	中川佐和子	『続 中川佐和子歌集』 現代短歌文庫148	2,200
113	永田和宏	『永田和宏歌集』 現代短歌文庫9	1,760
114	永田和宏	『続 永田和宏歌集』 現代短歌文庫58	2,200
115	永田和宏ほか著	『斎藤茂吉—その迷宮に遊ぶ』	4,180
116	永田和宏歌集	『日　和』 ＊山本健吉賞	3,300
117	永田和宏 著	『私の前衛短歌』	3,080
118	永田　紅 歌集	『いま二センチ』	3,300
119	永田　淳 歌集	『竜骨（キール）もて』	3,300
120	なみの亜子歌集	『そこらじゅう空』	3,080
121	花山多佳子	『花山多佳子歌集』 現代短歌文庫28	1,650
122	花山多佳子	『続 花山多佳子歌集』 現代短歌文庫62	1,650
123	花山多佳子	『続々 花山多佳子歌集』 現代短歌文庫133	1,980
124	花山多佳子歌集	『胡瓜草』 ＊小野市詩歌文学賞	3,300
125	花山多佳子 著	『森岡貞香の秀歌』	2,200
126	馬場あき子歌集	『太鼓の空間』	3,300
127	馬場あき子歌集	『渾沌の鬱』	3,300
128	林　和清	『林　和清 歌集』 現代短歌文庫147	1,760
129	林　和清歌集	『朱雀の聲』	3,300
130	日高堯子	『日高堯子歌集』 現代短歌文庫33	1,650

65	小池　光	**『続々 小池　光 歌集』** 現代短歌文庫65	2,200
66	小池　光	**『新選 小池　光 歌集』** 現代短歌文庫131	2,200
67	河野美砂子歌集	**『ゼクエンツ』** ＊葛原妙子賞	2,750
68	小島熱子	**『小島熱子歌集』** 現代短歌文庫160	2,200
69	小島ゆかり歌集	**『さくら』**	3,080
70	小高　賢	**『小高　賢 歌集』** 現代短歌文庫20	1,602
71	小高　賢 歌集	**『秋の茱萸坂』** ＊寺山修司短歌賞	3,300
72	小中英之	**『小中英之歌集』** 現代短歌文庫56	2,750
73	小中英之	**『小中英之全歌集』**	11,000
74	小林幸子歌集	**『場所の記憶』** ＊葛原妙子賞	3,300
75	今野寿美	**『今野寿美歌集』** 現代短歌文庫40	1,870
76	今野寿美歌集	**『さくらのゆゑ』**	3,300
77	三枝昻之	**『三枝昻之歌集』** 現代短歌文庫4	1,650
78	三枝昻之歌集	**『遅速あり』** ＊迢空賞	3,300
79	三枝昻之ほか著	**『昭和短歌の再検討』**	4,180
80	三枝浩樹	**『三枝浩樹歌集』** 現代短歌文庫1	1,870
81	三枝浩樹	**『続 三枝浩樹歌集』** 現代短歌文庫86	1,980
82	佐伯裕子	**『佐伯裕子歌集』** 現代短歌文庫29	1,650
83	佐伯裕子歌集	**『感傷生活』**	3,300
84	坂井修一歌集	**『青眼白眼』**	3,300
85	坂井修一	**『坂井修一歌集』** 現代短歌文庫59	1,650

20	江戸　雪 歌集	**『空　白』**	2,750
21	大下一真歌集	**『月　食』** ＊若山牧水賞	3,300
22	大辻隆弘	**『大辻隆弘歌集』** 現代短歌文庫48	1,650
23	大辻隆弘歌集	**『汀暮抄』**	3,080
24	大辻隆弘歌集	**『景徳鎮』** ＊斎藤茂吉短歌文学賞	3,080
25	岡井　隆	**『岡井　隆 歌集』** 現代短歌文庫18	1,602
26	岡井　隆 歌集	**『馴鹿時代今か来向かふ』（普及版）** ＊読売文学賞	3,300
27	岡井　隆 歌集	**『阿婆世（あばな）』**	3,300
28	岡井　隆 著	**『新輯 けさのことば Ⅰ・Ⅱ・Ⅲ・Ⅳ・Ⅵ・Ⅶ』**	各3,850
29	岡井　隆 著	**『新輯 けさのことば Ⅴ』**	2,200
30	岡井　隆 著	**『今から読む斎藤茂吉』**	2,970
31	沖　ななも	**『沖ななも歌集』** 現代短歌文庫34	1,650
32	奥田亡羊歌集	**『花』** ＊若山牧水賞	3,300
33	尾崎左永子	**『尾崎左永子歌集』** 現代短歌文庫60	1,760
34	尾崎左永子	**『続 尾崎左永子歌集』** 現代短歌文庫61	2,200
35	尾崎左永子歌集	**『椿くれなゐ』**	3,300
36	尾崎まゆみ	**『尾崎まゆみ歌集』** 現代短歌文庫132	2,200
37	柏原千惠子歌集	**『彼　方』**	3,300
38	梶原さい子歌集	**『リアス／椿』** ＊葛原妙子賞	2,530
39	梶原さい子歌集	**『ナラティブ』**	3,300
40	梶原さい子	**『梶原さい子歌集』** 現代短歌文庫138	1,980

朝霧の吐息ふかぶかひろがりて海峡をゆく船を包みぬ

洗濯機のなかに揉まるる渦潮に引き込まれんとす岸辺に立てば

東日本福島

この年も「帰還困難」とニュース言う宇宙飛行士のことにはあらず

夜ふかくソファに腰を沈めつつひと日の疲れ味わいており

叔父の喪にもらいし菊の数本と明日《あした》の客を家に迎うる

鳥居より社殿へみちびく参道に靴と噛みあう砂利の音せり

母七十歳脊椎骨折

入院の母に付き添いいる父は『大日本史』のページをめくる

ふるさとに短歌眼鏡《たんかめがね》を外したるわれに昔の原野ひろがる

杭

潮流に押されながらに島ふたつ満珠・干珠は杭のようなり

大空の首飾りとして一連《ひとつら》の灯は点りたり海峡吊橋

早鞆《はやとも》の瀬戸の奔流波立ちてゆくはホルムズ海峡なるか

海底も風の涼しく吹くらしく絵の中の蛸《たこ》足戦《そよ》ぎおり

町なかの暖簾しまいし店舗にて「冬眠中」の貼紙のあり

ハンガーと物干し竿に吊したり青菜小魚洗濯物など

人の手と塩に揉まれて辛くなり紫蘇に染まって赤くなる夏

一服を盛られたのかしらこの花は花色あせず咲き続けいる

緊張を集中力に変換のボタンのあらばわれの額に

高砂の

猫死なば眉毛を剃りて喪に服す古代エジプト猫の主《あるじ》は

ゴキブリを廊下の隅に追いつめて猫は窮せりゴキブリは跳ぶ

抵抗はせずとも位置は譲らざるマハートマ・ガンジーのような猫なり

言の葉はわれの僕《しもべ》か手と足はわれの奴《やっこ》か老いてゆくなり

黒き眼に衣の赤き達磨さん七転び八起きは七転八倒

高砂の翁媼に近付くと思いし日々の短くて父母《ふぼ》

外《はず》れても踏みとどまっても人の世の道の石ころ落葉《らくよう》の坂

敗戦の濃くなりしころ生れたる女子《おみなご》われは尊ばれしや

生めよ増《ふ》やせよと囃されし世に生《あ》れて一姫二太郎のなかの姫われ

父母《ちちはは》は陸軍大将某《なにがし》の「美」の一文字をわが名に付けし

東歌《あずまうた》異聞《いぶん》

思い出とまだならざれば悲しみは来《きた》らず　一周忌来る

新しき位牌のそばに新しき位牌が立ちぬ仏壇のなか

熟れきれぬ紅葉《もみじ》のままに年暮れぬ病院脇に立ちている木は

六十九の兄の享年ひとつ越え越えたるのみにて逝きし弟

骨壺に著書一冊を添えよとぞ書き遺したる『東歌異聞』

戦中の家族五人の写真《うつしえ》に弟おらず　今もおらざる

つぎつぎとわれの回《めぐ》りの男らを剝ぎとりてゆくもののあるらし

兄につぎ父と弟この世去りベッドの母とわれと置き去り

足立たぬ蛭子は海に流すとう神世語りをまた思いだす

庭の草芽を出す端から毟りとる母なりしかなベッドに久し

このままで苔に埋もるる石もよし雨に潤い日向に乾く

海上へ寒気去りたるこの朝明《あさけ》ハイブリッド車が町へ発ちゆく

ありがとう

掌上に手びねり人形差し出しし横山さんは十階のひと

頬瘦せて鎖骨を見する甥は来て婚整いし喜びを言う

わが内に何が巣食いているならむ頭痛偏屈垂涎止まず

焼香をあぐる順序に異議ありて声あげし叔母　叔父の葬儀に

ときとして叫びのような音をあげ電気冷凍庫夜を励みいる

御空《みそら》よりさし伸ぶる仏の御手のよう揺れつつくだる冬の滝水

マスクして来《きた》りしわれをいぶかしむ眼を向け母は何か言いたり

手をさすりやれば指先わが頬に触れて笑いぬ仰臥のままに

産土《うぶすな》の土より母を引き剝がすように移しぬわれの手許に

百年を過ししふるさともう帰ることはなからむその日来るまで

ありがとうございますと手を合わせ母は言うなり娘のわれに

籠《こ》もよ

先代の木の位置に立つ二代目の松は四方に腕を張りたり

地上へと裾をひろぐる石垣の曲線は鋭《と》く美しくして

両雄雌雄を決す人言えどそも雌《し》と雄《ゆう》といずれ勝れる

かろうじて樹皮いちまいに生きている軀幹の膚《はだえ》苔青みどり

春の野に籠《こ》もよ御籠《みこ》もち若草のよもぎ摘みし手血管の浮く

弔《とむら》いの帰りに兄と立ち話近々婚解く兄の子のこと

バイパスの道は苦もなく伸びゆきて日の照る料金徴収所まで

空想は廃線間近の汽車に乗り猿が湯に入る温泉地まで

引き出しを開くれば靄《もや》の湧くごとし鎌切の子は生まれいでくる

村人のごみの捨て場をいろどれる南瓜畑に咲きし黄の花

樫の実の

風呂あがりの母はほのぼのお相撲さんまわしのような腹部も見せし

百までは百歳まではとねがいつつ車ふたつの椅子に押さるる

病室の母と聞きしは「欲しがりません」澄む女童の合唱のこえ

病床に軍歌ナツメロ聞きながら戦中戦後遠くはあらず

起きあがり深夜徘徊する自由夢に見にけむ介護ベッドに

樫の実のひとり子だになきわれはひとりの母が手に余るなり

裏山の木幡青旗うち振りてガンバレと言うガンバルと言う

唄うごと車内放送ありしのち列車はガタンと骨組み鳴らす

Vの字

使わずにありし母の化粧品唇にさす少し濃くして

ふるさとに帰る列車は駅ごとに開きて閉じて深く呼吸す

御無沙汰をしたと墓石《ぼせき》の前に立つペットボトルの蓋ゆるめつつ

もうじきよ死んだら家に帰ろうね蒲団の母の嵩のひらたし

くらやみより生れて闇に帰りゆく人の一世《ひとよ》は行灯《あんどん》のなか

ブラウン管のテレビのありてお茶の間に卓袱台《ちゃぶだい》かこみし家族六人

軍歴を調べむと言うわれに渡されしメモの電話番号

Vの字を指につくりて突き出だすVの字の谷は指の間《ま》にある

海底のトンネルくぐりゆくときに亀の背中の浦島思いぬ

羊

東流が西流となるしばらくを海峡上空に浮く白き雲

海峡の流れ反転するまでを見て岸辺より歩みをかえす

バス停より老人ホームに登る道右手に石屋《いしや》左に蕨野《わらびの》

鬼が来る賽の河原を思いつつ又伸びきたる庭草を取る

出土せし盾持《たてもち》埴輪笑みもてりガラスケースの空気の中に

死に近き眼開きてわれの手を握りぬ弱き力をこめて

われもまた杭に繫がれいる羊円周率をつぶやきながら

薬草の風呂を臭いという夫と香りと思うわれとの暮し

傘いくつひろげて干さん雨後の庭なくて七階に住む四十年

文字が関

海底のトンネル歩きて対岸に立てばわが街波に揺るるも

トンネルのなかばに引かれし白き線ふとぶとふたつ県《あがた》に分かつ

潮流を逆らいのぼる船舶の停滞しているごとくにも見ゆ

海峡を往き交う船も灯《ひ》を消しぬ和布刈《めかり》神事の刻《とき》近付きて

この神事見るものの眼《まなこ》潰るると言いしは昔　シャッターを切る

松明の照らす岩場に若布刈る神官老いたる臑を濡らして

「柏手《かしわで》」と「拍手《はくしゅ》」の違い思いつつ階段登りて神前に立つ

少年の日の家持も老境の憶良も過ぎけむここ文字が関

今ならば第七管区保安庁職員ならむか文字が関守

関門の流れ波うつ向う側龍宮門の赤き甍《いらか》は

東京裁判

残日は縁側の日々の日溜りに　かかる空想もちしや父は

仏壇の前に坐れば死者たちはたちあらわれて畳に降り来

停年の延長叫ぶ世に生きて兵役年齢高くしあらん

徴兵制敷かれて銃をかまうるに腰まがりたるもの構えはいかに

戦後なる昭和がふともこだまする公職追放こうしょくついほう

陸士卒軍服若く目もと澄み疑わざりしか写真の父は
B級戦犯なりしと幼くてわれ知らざりし東京裁判

ウイルス

申年生れ

猿と鶏《とり》さわがしかりし教室の昭和二十六年の一年一組

卒業後音信不通のマツオクン亡き知らせ来ぬ風のまにまに

入院と入所の長き母のもと一日も欠かさずといふをせざりき

制服の背中に真綿縫いつけてくれし日ありき雪の日の朝

ああやっと終ったと思いぬ百歳の命閉じたる母の面差し

隣室に何かを取りに来たれども窓の青葉のゆれを見ており

父と母弟にはぐれたるわれの屈めば籠のなかの夕ぐれ

悪口を言いつ笑いつあつまりぬ死にても母に引き寄せられて

もう写真は撮らぬと言いて旅先の紅葉見上ぐる七十代われ

結婚後五十年目となる四月油断にひそむウィルスという

旅

エンジンを温むる音短くて発ちてゆきたり働く街へ

ワープロもインターネットも身に遠く置きて対坐す彼岸の花に

畑なかの栽培種も自生種も秋の実りのときに入りゆく

われの影うしろになりて前になり日向を歩くときに連れ添う

臨終と告げられしのち母のもの片付けはじむ部屋を空けむと

亡骸《なきがら》となりたる母とふるさとへ共に帰りぬ車に揺られ

十月《とつき》前来りし高速自動車道棺のなかの人は運ばる

病院を後に家への小一時間最後の母の旅となりたり

速度もつ自動車つぎつぎ入りてゆくトンネルは海の底へとつづく

晩年の父が建てたる墓石の高きに風は集まりやすし

筑波山

朝夕に眺めしとう筑波山母の胎にてわれもながめし

水戸納豆水戸黄門と知るのみに生まれし水戸を踏みしことなし

土浦の空へと飛びたつ若きらを送りたる父わが生れし年

「七十も百も同じだなぁ」つぶやきて父は逝きたり九十九《くじゅうく》にて

喪主として

温もりのありやあらずや両腕にはじめて母を抱きぬ　骨壺

焼香の終るを待ちて霊柩車正面玄関前にしずけし

受給せし軍人恩給靖国《やすくに》に納めにゆくが父の晩年

生まれしは水戸市白銀町五五一母亡きのちの戸籍簿に知る

満州国東安省虎頭にて生うけし兄みちのくに老ゆ

辰年と午年生まれの兄ふたり一人は病臥一人は故人

古老《ふるおきな》『常陸風土記』のなかにいて古事《ふるごと》語れば今に聞こゆる

海山に近くて海幸山幸の常国《とこぐに》常陸《ひたち》と『風土記』を読めば

埴輪

似《じ》我《が》蜂《ばち》の唸りのように製材のひびき聞ゆる歩みきたれば

ビルひとつ取り壊されて街なかの傷口均されゆきぬ機械に

文学館庭に出で来て真面《まとも》なる公孫樹ひともと黄落はげし

殉死とは死のボランティアなど言いて埴輪は並ぶふかき眼窩に

つぎつぎと死にゆく身内と思うとき猫の二匹のことも浮かび来《く》

ガラス戸の棚に茶碗の影いくつ重ねて水仕の仕舞となしぬ

猫

着陸をせんとその距離縮めつつヘリコプターの煽る青草

水涸れて落葉溜まれる泉水に小便小僧用なく立てり

老人という境涯を知るなくて逝きし弟写真に笑う

ソファーに手足ひろげて眠る猫バンザイなのかコウサンなのか

ガラス戸のむこうの日向眺めつつ猫にも遠き思い出がある

人絹と呼ばれて安値を喜ばれ人の体を包みし戦後

帰りたいここは飽いたとつぶやきし母は帰りぬ冷たくなりて

開きては結びし母の掌《てのひら》に咲くチューリップ咲いて散りけり

眉の根の皺をのばして笑う母眠りのなかに夢見ていしか

お茶飲みて手をつけざりし菓子ふたつ包みて渡すお布施とともに

三十一《みそひと》の文字の棺に閉じこめん亡き父母と兄と弟

春わらび

あけぼのの春は海よりやって来るくの字の釘煮しの字のしらす

スリッパの上に来りて坐る猫スリッパの足温《ぬく》めくるるや

日の当る枯草なかの匂いなど恋しからむか窓際の猫

右の手にプッシュする液左手にうけて両手に揉みてのばしぬ

病む母へゆく道のべの春わらび摘む手汚して母を忘れし

通夜葬儀終りて親族それぞれの歩幅をもちて遠ざかりたり

若き日はべしべきべかるの観念に生きて具体の乏しかりけり

痛む膝手になでながら雪の日の足曳き歩む憶良思わる

右膝痛《ひざいた》左は座骨神経痛かたみに痛みをかこつ両足

陸橋の階段避けてその先の横断歩道を選べり足は

精霊箸

運転台うしろに立てば前方のレール迫りて列車轢《ひ》きゆく

駅出でて歩む目印黐《もち》の木の鳴く鳥のこえ近付いて来る

バス停にバス待つ少女われに言う時計の時間は何時ですか

タクシーに運ばれ来たる身を立つる目的の地の少し手前で

離れつつ振り返りつつおのずから足は帰りの駅へと急ぐ

青丹よし麻裳《あさも》よしとぞ口遊む机の上を離れきたりて

黄塵のひとつに身をなし風に乗りゆかばや春の菜の花畑

盂蘭盆会《うらぼんえ》近付きくれば思い出す精霊《しょうりょう》迎うる道の草刈り

精霊箸《しょうろばし》しずかささげて帰りたり精霊落さぬように歩きて

雨傘をたたみて杖にし歩くときしずかに父の背筋浮かびぬ

あじさい

ワクチンの接種受くると坐りたるわれの背筋をただしぬ医師は

イギリス株インド株あり日本株いまだし株式市況にあらず

すっぴんの顔に外出するによき眼鏡にマスク帽子もかぶる

昼間来て不在なりしと宅急便配達人《はいたつびと》のベル鳴らす音

明石より届きしくぎ煮金槌も釘も死語とはなりゆかん世に

腰をかく曲げて煮られて食われんと育ちし海の匂いを消して

家猫の見上ぐる斜めうえの窓九〇二号に猫の影見ゆ

一匹と一人のしばしのお昼寝の部屋に時計は針をすすむる

ベランダのすだれの破れより覗く猫は地上の何を見つむる

雨降れば雨のあじさい思うらむ窓に面輪を向けていし母

しっかりと

刃を当てて西瓜ふたつに割りたれば半身《はんみ》のふたつに甲乙のあり

手短に染むる白髪《しらかみ》ほどのよきシルバーグレーヘアーとなりぬ

開きては閉じて結べる掌《てのひら》のグーパー運動母せしごとく

壁の面にゴキブリかすかに動く影見上ぐる猫は構えを解かず

「しっかりと」の副詞の使用多かりし国会答弁安倍前首相

「しっかりと」繰り返すたびややややに薄くなりゆく「しっかりと」

兎

真向いの窓にカーテンひく影の見えて親しも顔を知らねど

ゴキブリもカベチョロも来よキッチンに大蒜《にんにく》香らせ振るフライパン

潮風に耳を吹かせて国見する王のごとくに上階の窓

飛び石を踏みて渡りし少女われ因幡の白き兎のように

枕辺に積みおく歌集いく冊のひとつ引き寄す誘眠剤に

開きたる本をかぶせたような屋根思いつつ眠る本の下にて

目覚むればわれに寄り添う家猫の副葬品のごとく眠れり

風邪の身を温めくれし同衾《どうきん》の湯湯婆《ゆたんぽ》明け方冷たくありぬ

白玉のしずくとなりて汝が耳を飾らんなどとささやくは誰

月光の差し入る部屋に眠りつつ石抱くごとく冷えてゆく腹

露のまに

溜息をほおっと吐くまの露のまに父母兄弟《ちちははあにおと》いなくなりたり

ふるさとに秋色《しゅうしょく》深まる里山をともに眺めし記憶は消えず

泰山《たいざん》に求めし土産の竹の杖実家の壁に斜めに憩う

自転車ごと倒れしわれを受けとめて道の雑草《あらくさ》茂りて青し

いつまでも続く線路と道草を食いつつ歩きぬ線路の上を

新幹線新型車輛の流線の横顔止まりぬそのすまし顔

一片の花こぼさじと静もれる桜ひと木の満開怖し

逗留の猫に八年過ぎむとしわが家に老のしのび寄るらし

うべなるかな腰は体の要《かなめ》とぞ物にすがりて立ち上がるわれ

ペン先の乾《から》びて机の抽出しに眠り続くる万年筆は

彼岸

流れ星追いて巷の灯《ひ》を逃れ風の峠にながく立ちたり

ひび割れし手の甲に塗る薬用のクリームは指の腹にのばしぬ

透明な器に育つ羊歯類とわれと冬の窓の内側

夕刻の明るさいまだ残れるに掌《て》を閉ざしたりカタバミの葉は

飲食ののちの食卓毒消しの匂いのようなキウイ一皿

向い風受けてサドルに腰浮かしペダルを漕ぎし登校の坂

「しんぼう」の心知りいし昔かな「辛《しん》」を「抱《いだ》く」と文字に書きたり

月の夜の浅き軒下照らされて清涼飲料販売機立つ

渡し賃いくばく払いて乗る渡船《とせん》此岸《しがん》彼岸《ひがん》をつなぎ往き来す

桟橋のゆらりと揺れて乗り移る渡船に彼岸へ運ばれてゆく

記憶

半島の先端近くに住み古りて鳥瞰するなしその半島を

「考古学の旅を」と誘い来る夏のパンフレットは膝との相談

踏み石のように靴跡辿りゆく湿れる浜の砂を沈めて

手をつなぎ歩きし記憶あるような父の手・母の手・夫の手・子の手

感染

さえずりて小鳥ら籠《こも》る大通り車の流れ横切るむこう

コーヒーのお伴の胡桃《くるみ》歯にあてて森に住みつく小鳥のようだ

地底より渦巻きながら突きあぐる拳《こぶし》のちからの春のさわらび

石垣の切り立つ上に窓閉じて看護師女子寮いま昼下り

崖《きりざし》の上よりなだる山桜姥《うば》の晴着の裾のひろがり

風になる土にかえると歌うこえ石の墓室の骨壺のなか

摑《つか》まんと身構えすれば逃ぐるなり泥鰌《どじょう》すくいの笊のようなり

歓声は悲鳴にかわる土俵際まわしうちわと言う決り手に

すれ違いざまにわが窓叩きたる轟音《ごうおん》列車の風圧ぞよき

ウクライナのニュースなき今日第七波爆発感染拡大報ず

蒙古斑

ゆっくりと首《こうべ》めぐらす扇風機昨夜《きぞ》の失せ物捜すごとくに

ゆきずりに見るふるさとの小学校鉄棒ブランコ箱庭の隅

もののふの神潜みおわすや道の隈《くま》草を枕に旅せしころの

葬式の人の集いに備えんと父建てかえし家も古りたり

納豆をあてに酒など酌みかわすねばねばしたる関係なくて

戦後

麦飯《むぎめし》の上に白飯《しらいい》重ねたる母の工夫の二段弁当

六十九歳《ろくじゅうく》の子を追うように遅れじと死出の旅へと出で発ちし父

みどりごの体にありし蒙古斑しみいずるとぞ死の近付きて

体じゅう汗噴きいでて息荒し脳死迫れる父のからだは

顔寄せて声をかくれば頷きぬ頑ばらなくてもういいよ父

花火

花火揚がる音に驚き逃げまどう猫は爆撃聞くがごとくに

流れもの桃より生れし桃太郎土着の鬼の退治にゆけり

吉備団子もらいて従う鬼退治腹へりたれば猿の子われも

糾弾をされし戦後の歴史もつ醜《しこ》の御楯《みたて》の防人のうた

兵役を終えし防人ゆえしらず異土の乞丐《かたい》となりしもあらん

大将の名前の一文字「美《よし》」の字をわれに背負わせし軍人の父

鍬をもてかの世の父の耕せる鱗なす雲火の色帯びて

火消壺

煙突の風呂屋なくなり立ち呑みの二軒残れりわれの住む街

内科医院ファミリーレストラン横に見て横断歩道のむこうに給油所

すっからかんすっからかんのランドセル走れば鳴りぬ筆箱の鈴

眉間に皺さがる口角不機嫌の顔がうつれり鏡の奥に

骨密度九十五パーセントと計りたる機器いぶかしむ七十八歳

猫の背の丸く犬の背は反りてヨガのマットの上の四つ足

人ならば七十歳のおじさんだわれに抱かれて猫は十歳

櫓も梶も折れよとばかり漕ぎし世の水手《かこ》楫取《かんどり》をしのぶ冬の夜

稜線を離れて朝の日はのぼり戦争は終わり方を知らない

十能に竈《かまど》の熾火掬いとり納めし昔のこの火消壺

あとがき

『風師《かざし》』は『緑暦《りよくれき》』『呑舟《どんしゆう》』『三耳壺《さんじこ》』『天姥《てんぼ》』『和布刈《めかり》』に続く第六歌集です。前歌集から十五年の歳月が過ぎました。その間の作品を収めました。

平成二十一年から平成二十三年にかけて、個人誌「和布刈通信」に発表した四回の作品、二二七首をもとのままの形でⅠ部に収めました。「八雁」二〇一六年十一月号より二〇二三年三月号までの作品と、短歌総合誌に発表した作品の一部とをあわせて、三五二首をⅡ部に収めています。おおよそ制作順に置きました。

歌集名「風師」は私の住む七階の窓より正面に見える「風師山」から借りました。風師の意味は、土地の言え伝えによれば挿頭《かざし》であろうと。山頂に大岩があり、関門海峡を往き来する船から仰ぎ見ると輝いて見え、山の頭を飾る挿頭と見なしたようです。又、私は思う。雨師が雨の神を意味する言葉であるから、風師が風の神であってもいいいと。風の強い海峡に臨んで立つこの山は、神聖な大岩を挿頭として堂々と立っているのです。

大昔、九州と本州を隔てる海峡はなく陸続きだったそうです。そこには火山がそびえていたが、ある時大噴火をし、山頂は吹っ飛び山体は崩れ、海流の浸食がはじまり、ついに海峡の流れができたそうです。火山の名残の山が両岸に残り、風師山はそのひとつです。

門司港は半島の先端にある小さな町です。時代の流れから置き去りにされたような静かさを保っています。明治以来、国際貿易港として栄え、戦時中は大陸や南方へ軍馬軍人を送り出した軍港でもありました。戦後は廃れにすたれ、寂れた町となりました。この地に住むようになって五十年になります。

隠れ家のようなこの地は私の心に適っています。心を落ちつかせ、居心地をよくする空気が流れています

私の家系は長寿の人が多く、父母も九十歳を過ぎても元気でした。死は年齢の順にゆっくり巡ってくるものと思っていました。兄の病と死に始まり、父が後を追うように亡くなり、しっかり者の母に認知症の兆候があらわれました。実家の急激な変化に、私もわが家とふるさとを県境を越えて、バス・汽車・汽車・バスと乗りついで、片道三時間の道のりを往き来することになりました。短歌からも遠ざかってゆきました。さらに、弟の病気が判明し半年後に亡くなりました。母も最晩年の九十八歳から九十九歳にかけて、胆管の内視鏡手術を三度受け、みるみる衰えてゆきました。微笑の死顔でした。十年余の間に、父母兄弟四人を亡くし、慶事はなく、喪のこと法事ばりが続きました。

肉親と共に暮らした子供の時代は、今思えば短いものです。この十年余苦

しい歳月でしたが、親兄弟と密接な濃密な日々を過ごしました。賜物の歳月であったと思います。

石田比呂志主宰の「牙」を辞して、阿木津英編集発行の「八雁」に入会するまで十五年間結社に所属することなくいました。個人誌「和布刈通信」を発行した時期もありましたが、実家のことが優先になり休止状態になりました。「八雁」創刊に際して阿木津さんから声をかけていただいたのですが、短歌から離れたままに時が過ぎていきました。発案・企画者の阿木津さんに誘っていただき、『九州の歌人たち』の執筆陣の一人として参加しました。歌作空白時代が全くの空白にならず、短歌を考える時間となりました。その後「八雁」に入会し、発表の場を得て現在に至っています。阿木津英さんに心から感謝します。

短歌の道へと導いてくださった故石田比呂志氏、二十年刊在籍していた「牙」で共に学んだ会員のみなさん、そして現在の「八雁」の会員のみなさんに感謝します。前歌集につづいて砂子屋書房の田村雅之さんにお世話になりました。装本の倉本修さん、とても感謝しています。

二〇二三年四月一八日

五所美子

著者略歴

五所美子（ごしょ　よしこ）

昭和19年、茨城県に生まる。九州大学文学部卒業。
昭和57年、石田比呂志主宰の「牙」に入会。現在「八雁」会員。
歌書『歌人 上田秋成』（昭和62年、雁書館）、『大田遼一郎と「阿蘇」』（平成3年、梓書院）
歌集『緑暦』（昭和62年、雁書館）、『呑舟』（平成3年、ながらみ書房）、
　『三耳壺』（平成7年、本阿弥書店）、『天姥』（平成10年、砂子屋書房）、
　『和布刈』（平成20年、砂子屋書房）、現代短歌文庫『五所美子歌集』（平成21年、砂子屋書房）
共著『九州の歌人たち』（平成30年、現代短歌社）
現代歌人協会会員、日本文藝家協会会員

歌集　風　師

二〇二三年六月三〇日初版発行

著　者　五所美子
福岡県北九州市門司区旧門司一丁目六―一三―七〇二　河野方（〒八〇一―〇八四五）

発行者　田村雅之

発行所　砂子屋書房
東京都千代田区内神田三―四―七（〒一〇一―〇〇四七）
電話　〇三―三二五六―四七〇八　振替　〇〇一三〇―二―九七六三一
URL　http://www.sunagoya.com

組　版　はあどわあく

印　刷　長野印刷商工株式会社

製　本　渋谷文泉閣